دادی امّاں کا ہفتے والا شوربہ

Grandma's Saturday Soup

Written by Sally Fraser

Illustrated by Derek Brazell

Urdu translation by Qamar Zamani

پیر کی صبح امّاں نے مجھے جلدی ہی اُٹھادیا۔

"اُٹھو می می اور اسکول جانے کے لئے تیار ہو جاؤ۔"

میں نیند اور تھکاوٹ کے باوجود بستر سے نکلی اور پردے ہٹا دیئے۔

Monday morning Mum woke me early.
"Get up Mimi and get dressed for school."
I climbed out of bed all sleepy and tired,
and pulled back the curtains.

آج کی صبح ٹھنڈک اور ابر آلود تھی۔

آسمان پر سفید پھولے پھولے بادل چھائے ہوئے تھے۔

اُنہیں دیکھ کر مجھے دادی اماں کے ہفتے والے شوربے میں پڑی آٹے

کی گولیاں یاد آ گئیں۔

The morning was cloudy and cold.

The clouds in the sky were white and fluffy.

They reminded me of the dumplings in Grandma's Saturday Soup.

جب میں دادی اماں کے گھر جاتی ہوں تو وہ مجھے جمیکا کے متعلق کہانیاں سُناتی ہیں۔

Grandma tells me stories about Jamaica when I go to her house.

”جمیکا میں بادل موسلادھار بارش لیکر آتے ہیں۔
جیسے کسی نے آسمان میں کوئی نل کھول دیا ہو۔
پھر گرم ہوا اُن کو دور لے جاتی ہے اور سورج دوبارہ نکل آتا ہے۔“

"The clouds in Jamaica bring the heaviest rain.
It's like someone has turned the tap on in the sky.
The warm breeze moves them on and the sun comes out again."

منگل کی صبح ابّا مجھے اسکول لے کر گئے۔

دن کافی ٹھنڈا اور خنک آمیز تھا۔ رات میں برف باری ہوئی تھی۔

Tuesday morning Dad took me to school.
The day was cold and crisp; it had snowed in the night.

چاروں طرف ہموار سفیدی تھی جس طرح ایک کٹی ہوئی شکر قند کا اندرونی حصّہ۔
بالکل دادی اماں کے ہفتے والے شوربے میں پڑی شکر قند کی طرح۔

It's white and smooth and looked like the inside of a sliced yam.
Just like the yam in Grandma's Saturday Soup.

دادی امّاں بتاتی ہیں کہ ساحلوں پر بکھری ہوئی پاؤڈر کی طرح سفید ریت دیکھ کر لگتا ہے جیسے ابھی ابھی برف گری ہے لیکن کبھی ٹھنڈ نہیں ہوتی۔

Grandma tells me that the white powdery sand on the beaches looks like fresh snow but it's never cold.

میں سوچتی ہوں کہ کیا میں سفید ریت سے ریت کا آدمی بنا سکتی ہوں؟
کتنی پُر لطف بات ہو گی؟!

I wonder if I could make a sandman with the white sand?
Wouldn't that be funny?!

بدھ کے دن بہت زیادہ برفباری ہوئی۔
سردی تو تھی لیکن میں نے خوب گرم کپڑے پہنے ہوئے تھے۔
جب میں دادی امّاں کے گھر جاتی ہوں تو وہ مجھے جمیکا کے متعلق کہانیاں سُناتی ہیں۔

Wednesday the snow fell harder. It was cold but I was wrapped up warm.
Grandma tells me stories about Jamaica when I go to her house.

"سورج روزانہ چمکتا ہے۔ سورج کی تمازت سے جسم گرم رہتا ہے
اور صرف ایک ٹی شرٹ اور نیکر پہننے کی ضرورت ہوتی ہے۔"
روزانہ گرمی؟ نیکر اور ٹی شرٹ؟ مجھے تو یقین ہی نہیں آتا۔

*"The sun shines every day. The sun is warm on your skin
and you only need to wear your shorts and a T-shirt."*
Warm every day? Shorts and T-shirt? I can't believe that.

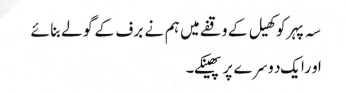

At afternoon play we made snowballs
and threw them at each other.

The snowballs remind me of the round soft potatoes in Grandma's Saturday Soup.

برف کے گولوں نے مجھے دادی اماں
کے ہفتے والے شوربے میں پڑے
گول نرم آلو یاد دلا دئیے۔

جمعرات کے دن اسکول کے بعد میں اپنی دوست لیلیٰ اور اُس کی امّی کے ساتھ لائبریری گئی۔

On **Thursday** I went to the library
after school with my friend Layla
and her Mum.

جب ہم پارک سے گزرے تو ہم نے دیکھا زمین میں دبے ہوئے ننھے ننھے بلب اگنا شروع ہو گئے تھے۔
سفید برف میں سے ننھی ننھی ہری کونپلیں جھانک رہی تھیں۔
اِن کو دیکھ کر مجھے دادی اماں کے ہفتے والے شوربے میں پڑی ہوئی ہری پیاز یاد آ گئی۔

As we passed the park we saw the little bulbs starting to grow.
The little green shoots poked through the snow. They looked
like the spring onions in Grandma's Saturday Soup.

Grandma tells me about the wonderful plants and flowers in Jamaica.
"In Jamaica the most beautiful flowers grow wild.
They are all different colours and sizes
and their smell fills the air."
I've never seen flowers like that before,
I wonder if she's only joking?

دادی امّاں مجھے جمیکا کے حیرت انگیز پودوں اور پھولوں کے متعلق بتاتی ہیں۔

''جمیکا کے سب سے خوبصورت پھول خود رو ہوتے ہیں۔

اُن کے طرح طرح کے رنگ اور سائز ہوتے ہیں اور اُن کی مہک سے ہوا خوشبودار ہو جاتی ہے۔''

میں نے تو اِس طرح کے پھول کبھی نہیں دیکھے۔ کہیں دادی امّاں مذاق تو نہیں کر رہی ہیں؟

جمعے کے دن امّاں اور ابّا کو کام پر جانے میں دیر ہو رہی ہے۔
"جلدی کرو مِی مِی، اسکول لیجانے کے لئے کوئی پھل پسند کر لو۔"

On **Friday** Mum and Dad are late for work.

"Hurry Mimi, choose a piece of fruit to take to school. "

میں نے پھلوں سے بھرے پیالے کی طرف دیکھا۔ میں نارنگی چُنوں یا ایک سیب یا ناشپاتی؟
سیب اور ناشپاتی کے رنگ اور ساخت نے مجھے دادی امّاں کے ہفتے والے شوربے میں
چھو چھو کی یاد دلا دی۔

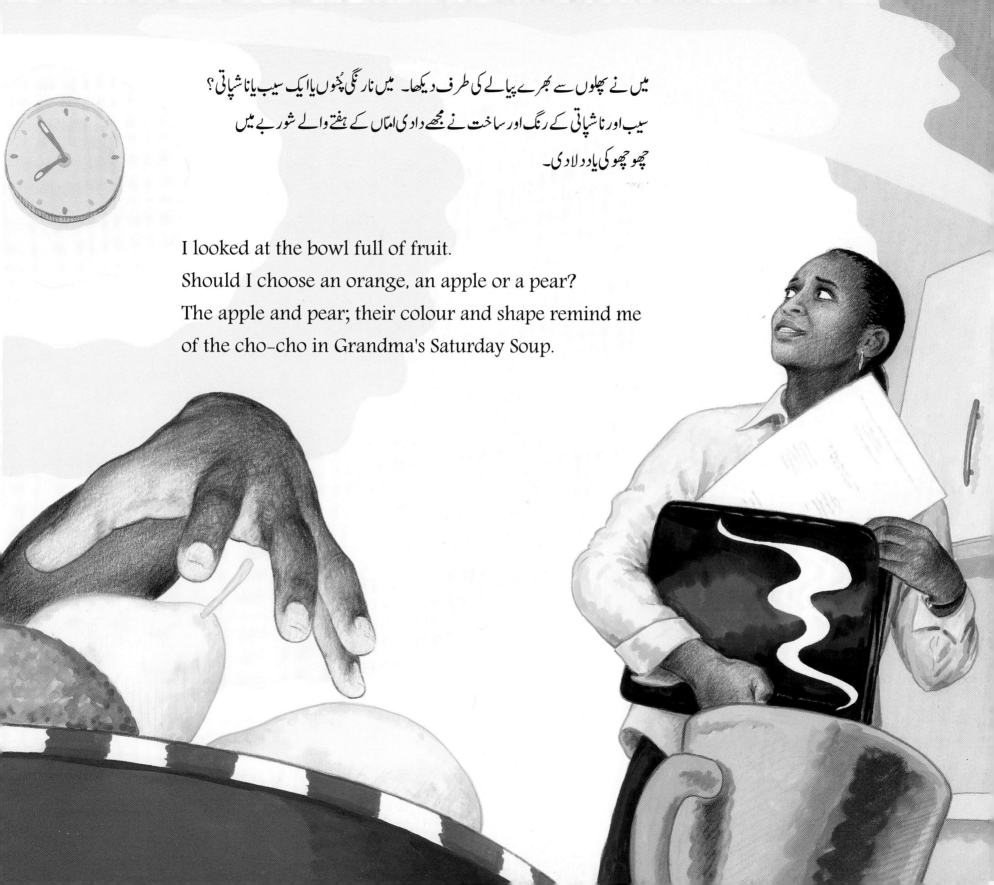

I looked at the bowl full of fruit.
Should I choose an orange, an apple or a pear?
The apple and pear; their colour and shape remind me
of the cho-cho in Grandma's Saturday Soup.

دادی امّاں مجھے جمیکا کے پھلوں کے متعلق بتاتی ہیں۔

”جمیکا میں تم اسکول جاتے ہوئے راستے ہی میں درخت سے پھل توڑ کر لے جا سکتی ہو۔

ایک پکا ہوا آم رس سے بھرا ہوا اور میٹھا۔“

Grandma tells me about the fruits in Jamaica.

"In Jamaica you can walk to school and pick a piece of fruit

from a tree, a ripe mango all juicy and sweet."

اسکول کے بعد، اچھے نمبر حاصل کرنے پر امّاں اور ابّا انعام کے طور پر مجھے سینما دکھانے لے گئے۔

جب ہم وہاں پہنچے تو سورج چمک رہا تھا لیکن ابھی بھی سردی تھی۔

میرا خیال ہے بہار آنے والی ہے۔

After school, as a treat for good marks, Mum and Dad took me to the cinema.

When we got there the sun was shining, but it was still cold.

I think springtime is coming.

فلم بہت اچھی تھی اور جب ہم باہر نکلے تو شہر کے اُوپر سورج غروب ہو رہا تھا۔
غروب ہوتے وقت وہ بہت بڑا اور نارنجی رنگ کا تھا جیسے دادی اماں کے ہفتے والے شوربے میں پڑا کدّو۔

The film was great and when we came out the sun was setting over the town.
As it set it was big and orange just like the pumpkin in Grandma's Saturday Soup.

دادی امّاں مجھے جمیکا میں ہونے والے طلوعِ آفتاب اور غروبِ آفتاب کے متعلق بتاتی ہیں۔

"سورج صبح سویرے نکل آتا ہے اور لوگ اچھا محسوس کرتے ہیں اور تمام دن کام کرنے کے لئے تیار ہو جاتے ہیں۔"

Grandma tells me about the sunrise and sunsets in Jamaica.

"The sun rises early and makes you feel good and ready for your day."

”جب سورج غروب ہوتا ہے تواُس کے بعد چاند نکل آتا ہے اور اِس کے ساتھ ساتھ
لاکھوں ستارے جو رات کے اندھیرے آسمان پر ہیروں کی طرح جگمگاتے ہیں۔“
لاکھوں ستارے، میں تو اتنے ستاروں کے متعلق سوچ بھی نہیں سکتی۔

"When it sets and the moon comes out she is followed by a million stars
that look like diamonds twinkling in the night sky."
A million stars, I can't even imagine that many.

ہفتے کی صبح میں اپنی رقص کی کلاس میں گئی۔

موسیقی بہت دھیمی اور اُداس تھی۔

Saturday morning I went to my
dance class.
The music was slow and sad.

دادی امّاں مجھے کلپسو موسیقی کے سُر اور تال اور دھات کے بنے ڈھولوں کے متعلق بتاتی ہیں۔
جو عموماً لوگ درختوں کی چھاؤں میں بیٹھ کر بجاتے ہیں۔
ایک شاندار درخت جس کے لمبے لمبے ہرے پتے لمبے کیلوں سے اُتارے ہوئے چھلکوں کی لڑیوں کی طرح ہوتے ہیں۔
"یہ موسیقی سن کر لوگ مسرور ہو جاتے ہیں اور اُن کا دل رقص کرنے کو چاہتا ہے۔"

Grandma tells me about the rhythms of calypso music and steel drums, of people playing under the shade of a tree. A wonderful tree with long leaves that look like the strands of skin from a green banana. "The music makes you happy and want to dance."

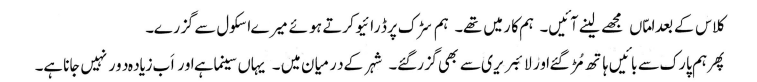

کلاس کے بعد امّاں مجھے لینے آئیں۔ ہم کار میں تھے۔ ہم سڑک پر ڈرائیو کرتے ہوئے میرے اسکول سے گزرے۔ پھر ہم پارک سے بائیں ہاتھ مُڑ گئے اور لائبریری سے بھی گزر گئے۔ شہر کے درمیان میں۔ یہاں سینما ہے اور اب زیادہ دور نہیں جانا ہے۔

Mum picked me up after class. We went by car.
We drove down the road and past my school. We turned left at the park and on past the
library. Through the town, there's the cinema and not much further now.

مجھے بھوک لگ رہی تھی۔ بے حد بھوک۔ آخر کار ہم دادی اماں کے گھر پہنچ گئے۔

I was hungry. Really hungry. At last we arrived at Grandma's.

میں بیرونی دروازے کی طرف بھاگی اور مجھے ایک نہایت مزیدار خوشبو آئی۔
اُس خوشبو میں ہرے کیلے تھے، چھو چھو اور شکر قند،
آٹے کی گولیاں، آلو اور کدّو۔۔۔

I ran to the front door and could smell a delicious smell.
It's green bananas, cho-cho and yams, dumplings, potato,
and pumpkin...

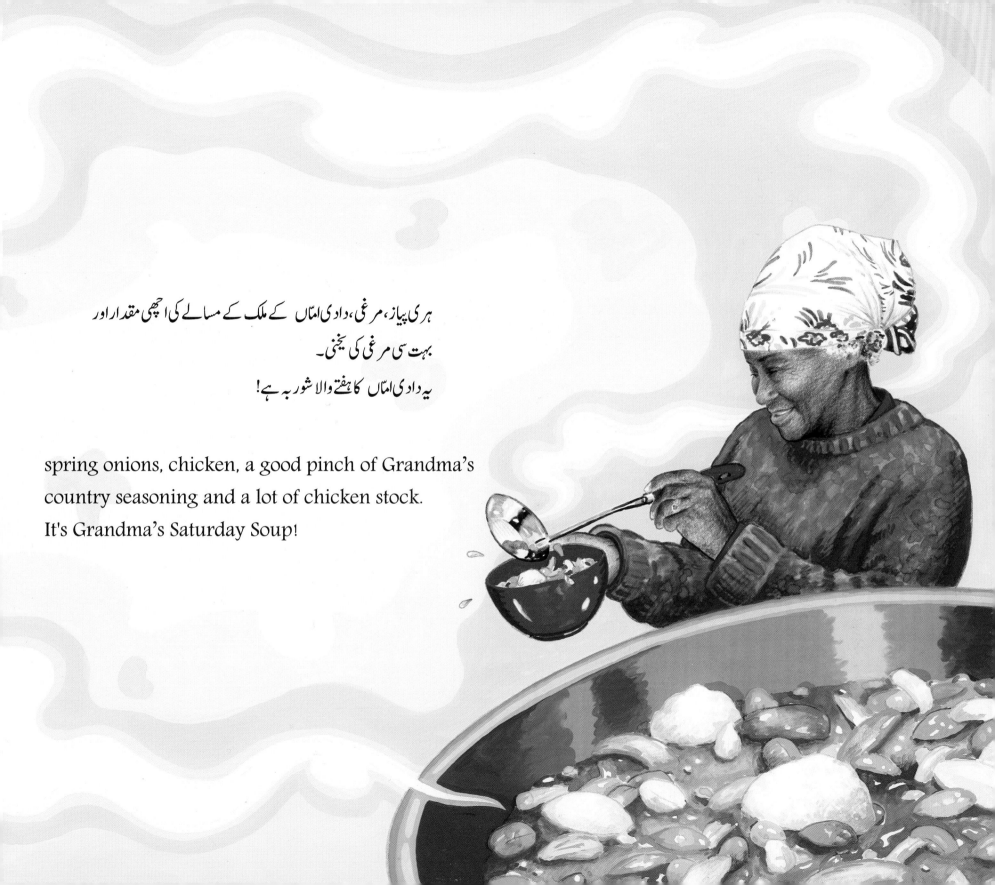

ہری پیاز، مرغی، دادی اماں کے ملک کے مسالے کی اچھی مقدار اور
بہت سی مرغی کی یخنی۔
یہ دادی اماں کا ہفتے والا شوربہ ہے!

spring onions, chicken, a good pinch of Grandma's
country seasoning and a lot of chicken stock.
It's Grandma's Saturday Soup!

اتوار کو ہمارے گھر کچھ دوست کھانے کی دعوت پر آئے۔
امّاں اور ابّا اچھا کھانا پکاتے ہیں اور اُن کا کھانا مزیدار ہوتا ہے لیکن میرے لئے
ساری دنیا میں سب سے پسندیدہ کھانا دادی امّاں کا ہفتے والا شوربہ ہے۔

On **Sunday** we had friends at our house for dinner.
Mum and Dad are good cooks, their food is nice but my favourite
food in the whole wide world is **Grandma's Saturday Soup**.